I0551064

SYSTÈME DU MONDE

AVEC L'EXPOSÉ SUCCINCT ET MÉTHODIQUE

DES ERREURS DE LA SCIENCE MODERNE, DE L'ACCORD

DE LA TRADITION ET DE LA RÉVÉLATION

ET DE L'INSUFFISANCE DES PRINCIPES DE NEWTON

Par Luc D'APREMONT

PARIS

IMPRIMERIE JULES LE CLERE ET Cie

RUE CASSETTE, 29.

1873

NOUVELLE

ÉTUDE DU SYSTÈME DU MONDE

L'engouement qu'on a pris pour le système du monde de Copernic, après qu'il a été condamné à Rome en la personne de Galilée, son plus ardent défenseur, a été cause qu'on a abandonné complétement celui de Ptolémée, qui pouvait servir à le rectifier, à redresser ses erreurs et ses contradictions, et à le faire concorder avec la tradition et l'Écriture sainte.

Il me semble qu'il suffisait pour cela de supposer la terre sur l'axe du monde, avec un mouvement de rotation accomplissant ses révolutions tropiques en 23 h. 56 m.; ses révolutions sidérales en 23 h. 56 m. 3 s. 340355; ses révolutions solaires en 24 heures solaires moyennes;

De supposer aux étoiles un mouvement circulaire autour d'elle, d'une ampleur de 50 secondes d'arc par année, accomplissant sa révolution sur des orbites parallèles à l'écliptique, en 25,920 ans;

De supposer au soleil un mouvement semblable, de forme elliptique, soumis à la loi des aires, accomplissant ses révolutions tropiques en 365 jours solaires moyens, ou en 366 jours sidéraux, plus une fraction de 242 264 millionièmes;

De supposer à la lune une marche analogue, accomplissant sa révolution synodique en 29 j. 12 h. 44 m. 2 s. 9/10; sa révolution anomalistique en 27 j. 13 h. 18 m. 37 s. 4/10; sa révolution sidérale en 27 j. 7 h. 43 m. 11 s. 5/10; sa révolution tropique en 27 j. 7 h. 43 m. 4 s. 7/10; sa révolution draconique en 27 j. 5 h. 5 m. 36 s.;

De supposer aux planètes et aux comètes une marche de même genre, sur des orbites plus ou moins elliptiques, et plus ou moins inclinées sur l'équateur, ayant toutes pour foyer principal l'axe de la terre ou l'axe du monde;

De supposer enfin à la sphère privée de rotation un mouvement de translation circulaire dans l'immensité de l'espace, servant par l'inclinaison de son axe sur l'orbite qu'elle décrit, à circonscrire l'empirée, comme je l'indique figure 2, trouvant cela plus conforme aux récits de la Bible que l'enveloppe sphérique que lui donne Ptolémée; et il s'ensuit que les éléments de la cosmographie s'expliquent ainsi plus clairement et d'une manière plus classique.

En effet, le soleil, par l'inclinaison de son orbite sur l'équateur, engendre les saisons et l'inégalité des jours et des nuits.

Le mouvement des étoiles, de leurs cercles parallèles et de leurs méridiens, contrairement à l'immobilité de l'équateur céleste, de ses colures et de ses méridiens, est cause de la précession des équinoxes et de la confusion survenue entre les signes et les constellations du zodiaque.

L'inclinaison du zodiaque et des parallèles stellaires par rapport à l'équateur, et le mouvemement de leurs méridiens avec eux, sont cause des variations dans les ascensions et les déclinaisons, et des perturbations incessantes entre les degrés de longitude et de latitude sidérales et les degrés de longitude et de latitude tracés sur l'équateur céleste et sur ses méridiens.

Le mouvement rotatif de l'écliptique et de l'orbite lunaire est l'effet de l'attraction générale, et la conséquence du mouvement de leur grand axe, mais avec cette différence que la ligne des apsides de l'écliptique se déplace sur la ligne des solstices, qui est immobile, tandis que la ligne des apsides de l'orbite lunaire marche moins vite que la ligne des nœuds.

Le mouvement de la ligne des nœuds est dû à la nutation de l'axe de rotation de l'orbite lunaire, et à l'orbite qu'il décrit autour de l'axe de l'écliptique, et c'est cette nutation et cette orbite qui expliquent l'obliquité invariable de l'axe de l'orbite lunaire sur l'axe de l'écliptique, et la variation de son obliquité sur l'axe du monde.

Les variations dans l'excentricité de l'écliptique et de l'orbite lunaire sont l'effet des lois qui régissent le mouvement des corps célestes, et elles me font décrire, figure 14, une nouvelle orbite engendrée par les extrémités de leur grand axe, qui n'est que la figure synoptique de leur déformation.

C'est à tort qu'on cherche encore à contester le mouvement des étoiles, comme on pouvait être porté à le faire avant le déluge, l'inclinaison de l'écliptique sur l'équateur nous ayant permis de le constater, et de distinguer l'année tropique de l'année sidérale.

Il est même à présumer que si elles n'ont pas de parallaxe sensible, et que s'il est indifférent qu'on la relève du centre ou de la surface de la terre, au printemps et à l'automne, ou l'été et l'hiver, c'est qu'il n'y a pas de différence entre leur lieu vrai et leur lieu apparent, et que l'étendue de leur horizon est réellement d'un hémisphère; et il n'est pas à croire qu'elles soient à une distance incommensurable, parce que la tangente et la sécante d'un arc de 90 degrés ne se terminent pas, et sont supposées plus grandes que toute ligne donnée, puisque rien n'empêcherait que le rayon visuel qui nous les fait apercevoir ou perdre de vue ne dépasse cet arc.

La figure 1ʳᵉ le démontre bien clairement; elle montre aussi le moyen d'en déterminer la distance.

Celles que l'*Annuaire du bureau des longitudes* assigne au soleil, à la lune et aux planètes sont entachées d'erreurs, parce qu'elles sont déduites directement du rapport de l'arc de leur parallaxe et de l'arc de 206 265 secondes, qui n'en représente qu'un côté; et qu'on fait abstraction de son rapport avec l'arc de 90 ou de 180 degrés, qui en est le module et l'élément indispensable, lorsqu'il s'agit d'en résoudre toutes les parties.

Dans cette opération trigonométrique, le cosinus de la parallaxe représente la distance de l'astre à la terre, son sinus verse représente sa distance aux étoiles, et la somme de ces deux dimensions représente la longueur exacte du rayon de l'hémisphère.

Or, comme il suffit de connaître une de ces mesures pour déterminer par ses facteurs les deux autres, je proposerai de calculer le rayon de l'hémisphère, c'est-à-dire la distance des étoiles à la terre, par la longueur du rayon terrestre et l'inclinaison du rayon visuel; de relever cette inclinaison sur les eaux d'un lac et sur l'équateur, pour en déterminer la moyenne de proportion.

Je proposerai encore de prendre l'étendue de l'horizon de chaque astre pour sa vraie parallaxe; de la relever de l'équateur et de deux méridiens opposés, au moment du lever et du coucher de l'astre à envisager, lorsqu'il y paraît à son apogée et à son périgée sur les apsides de son orbite, en prenant pour arc de temps la différence de temps notée par les deux observateurs, et le transformant en degrés, minutes et secondes; et pour angle de la parallaxe la moitié de son arc.

On obtiendrait aisément par ce moyen la parallaxe de quelques astres, bien qu'elle change constamment avec leur position, l'excentricité de leur orbite, le déplacement de son grand axe, et les lieux d'observation.

Cette méthode diffère autant de la première par ses procédés que par ses résultats, et je vais en donner un exemple.

La parallaxe de la lune étant de 57 minutes, son cosinus égale les 0,99985 du rayon de l'hémisphère, son sinus verse les 0,00015 dudit rayon, et si sa distance de la terre est de 386,892 kilomètres, sa distance des étoiles calculée au moyen du sinus verse est de 58 kilomètres, et le rayon de l'hémisphère de 386,950 kilomètres; et il en résulte que le soleil et les planètes, ayant une parallaxe plus petite que la lune, sont échelonnés sur les 58 kilomètres qui séparent la lune des étoiles, et que l'inclinaison du rayon visuel, égalant le rayon de la terre divisé par le rayon de l'hémisphère, égale $\dfrac{6,366,200}{386,950,000 \text{ m.}}$ ou 16 millimètres 452 millièmes de millimètre par mètre.

L'autre méthode donne 206,265 rayons terrestres au rayon de l'orbite pour la parallaxe d'une seconde, deux fois plus pour la parallaxe d'une demi-seconde, cent fois plus pour la parallaxe d'un centième de seconde, et 60 rayons terrestres 31 centièmes à la distance de la lune à la terre pour une parallaxe de 3,420 secondes; et il est à remarquer qu'on grandit ainsi démesurément le cosinus de la parallaxe, qu'on dépasse de beaucoup les dimensions que comporterait le sinus verse, qu'on remplace même les fractions d'une seconde par leurs dénominateurs, sans tenir compte qu'en retranchant une seconde à la parallaxe d'une seconde on la réduirait à zéro, et qu'une fraction ou mieux encore son complément ne saurait jamais dépasser l'unité.

Le mouvement de translation attribué à la terre est une autre erreur facile à démontrer; car si elle parcourait réellement l'écliptique, son centre ne saurait plus se confondre avec le centre du monde; son axe ne saurait plus s'entre-croiser avec l'axe du monde ni avec l'axe de l'écliptique; ses pôles et ses méridiens ne sauraient plus correspondre géométriquement à ceux de la sphère; la sphère droite, la sphère parallèle et la sphère armillaire seraient à changer, ou à déclarer en harmonie avec les systèmes de Ptolomée, de Tycho-Brahé et Riccioli, et tout à fait en désaccord avec celui de Copernic. La rotation de la terre n'aurait plus sa révolution tropique ni sa révolution sidérale; la lune elle-même, devenant son satellite, n'aurait plus sa révolution tropique, sa révolution sidérale ni sa révolution draconique; l'année de 365 jours solaires serait également une année de 365 jours sidéraux; la terre, la lune et les planètes n'auraient plus à compenser la révolution solaire, et on aurait à constater avec le mouvement de translation de la terre le mouvement circulaire et fictif des étoiles, notamment le mouvement circulaire et fictif de l'étoile polaire de la petite ourse autour du pôle arctique; et par conséquent le bouleversement complet des éphémérides et des observations qui s'y rattachent.

Ce nouveau thème, que j'ai cherché à concilier avec la tradition, l'Écriture sainte et les données les plus accréditées de la science, ne suppose pas de mouvement de translation à la terre, de nutation à son axe sur l'axe du monde ni sur l'axe de l'écliptique, mais il laisse à la terre, au soleil, à la lune et aux planètes la durée de leurs révolutions et les particularités essentielles qu'on leur attribue, et par conséquent toute facilité aux savants d'expliquer et de démontrer tous les phénomènes célestes qu'il tend à simplifier, d'en rechercher, raisonner et prouver les effets et les causes, comme aussi de calculer et déterminer les distances et les lieux qu'on peut avoir à envisager.

Citations pour la concorde scientifique, selon cette maxime que toute science qui ne remonte pas vers Dieu est une science vaine.

Il est écrit :

Au chapitre 1er de la *Genèse*, touchant le système du monde à l'époque de la création :

V. 1. *In principio creavit Deus cœlum et terram.* Et je traduis ainsi :

Au commencement des temps Dieu créa le ciel et la terre.

2. *Terra autem erat inanis et vacua, et tenebræ erant super faciem abyssi; et Spiritus Dei ferebatur super aquas.*

Mais la terre était vide et creuse, et les ténèbres couvraient la face de l'abîme, et l'Esprit de Dieu (ou l'esprit de vie qui devait animer les anges et les hommes) était porté sur les eaux.

3. *Dixitque Deus : Fiat lux, et facta est lux.*

Et Dieu dit : Que la lumière soit faite, et à l'instant la lumière fut faite (aussi bien la lumière matérielle que celle qui anime toutes les intelligences) :

4. *Et vidit Deus lucem quod esset bona; et divisit lucem a tenebris.*

Et Dieu vit que la lumière était bonne, et il sépara la lumière des ténèbres.

5. *Appellavitque lucem diem, et tenebras noctem; factumque est vespere et mane, dies unus.*

Il donna à la lumière le nom de jour, et aux ténèbres le nom de nuit; et du soir et du matin il fit le premier jour.

6. *Dixit quoque Deus : Fiat firmamentum in medio aquarum, et dividat aquas ab aquis.*

Dieu dit encore : Que le firmament soit fait au milieu des eaux, et qu'il sépare les eaux (de la terre) des eaux (du ciel).

7. *Et fecit Deus firmamentum, divisitque aquas quæ erant sub firmamento ab his quæ erant super firmamentum. Et factum est ita.*

Et Dieu fit le firmament, et il sépara les eaux qui étaient sous le firmament des eaux qui étaient au-dessus du firmament. Et cela fut fait ainsi.

14. *Dixit autem Deus : Fiant luminaria in firmamento cœli, et dividant diem ac noctem, et sint in signa et tempora, et dies et annos.*

Et il dit : Que des astres paraissent dans le firmament du ciel, qu'ils séparent le jour et la nuit, et qu'ils servent d'emblèmes, en marquant les temps, les jours et les années.

15. *Ut luceant in firmamento cœli, et illuminent terram. Et factum est ita.*

Qu'ils brillent dans le ciel, et qu'ils éclairent la terre. Et cela fut fait ainsi.

16. *Fecitque Deus duo luminaria magna : luminare majus, ut præesset diei : et luminare minus, ut præesset nocti : et stellas.*

Dieu fit deux grands luminaires, un plus grand pour présider au jour, un autre plus petit pour présider à la nuit; et il fit aussi les étoiles.

17. *Et posuit eas in firmamento cœli, ut lucerent super terram.*

Il les mit dans le firmament du ciel pour éclairer la surface de la terre;

18. *Et præessent diei ac nocti, et dividerent lucem ac tenebras.*

Pour présider au jour et à la nuit, pour séparer la lumière des ténèbres.

Nota bene. Ce chapitre nous montre que la révélation s'étend bien au delà des spéculations de notre raison, et qu'il conviendrait de la consulter dans nos obscurités; car l'écrivain sacré, en nous racontant la création du ciel et de la terre, a soin de distinguer le ciel que Dieu a préparé pour ses élus des espaces éthérés où il lui a plu de placer les astres du firmament; de nous parler des abîmes de l'enfer qu'une pieuse tradition place au centre du monde, pour nous les montrer tels qu'ils devaient être avant la chute des anges; puis enfin de la succession des jours de la création et des grands événements qui les signalent, comme s'il voulait fournir à la science ses premières données.

Il est encore écrit dans la *Genèse*,

Touchant la longueur de l'année du temps de Noé et les perturbations du déluge :

Ch. VII, v. 11. *Anno sexcentesimo vitæ Noe, mense secundo, septimo decimo die mensis, rupti sunt omnes fontes abyssi magnæ, et cataractæ cœli apertæ sunt.*

L'an 600 de Noé, de 1655 à 1656, le 17e jour du 2e mois, toutes les sources du grand abîme furent rompues, et les cataractes du ciel furent ouvertes.

En comptant les mois de trente jours, le 17e jour du 2e mois correspond au 47e jour de l'année.

12. *Et facta est pluvia super terram quadraginta diebus et quadraginta noctibus.*

Et la pluie tomba sur la terre pendant quarante jours et quarante nuits.

Par conséquent jusqu'au 87e jour de l'année, ou le 27e jour du 3e mois.

24. *Obtinueruntque aquæ terram centum quinquaginta diebus.*

Et les eaux couvrirent toute la terre pendant cent cinquante jours.

Jusqu'à la fin du 237ᵉ jour, 27ᵉ jour du 7ᵉ mois du déluge, ou du 8ᵉ mois de l'année.

Ch. VIII, v. 3. *Reversæque sunt aquæ de terra euntes et redeuntes : et cœperunt minui post centum quinquaginta dies.*

Les eaux étant agitées de côté et d'autre se retirèrent, et commencèrent à diminuer après cent cinquante jours.

C'est-à-dire le 238ᵉ jour de l'année, fin des jours canicu- laires.

4. *Requievitque arca mense septimo, vigesimo septimo die mensis, super montes Armeniæ.*

Et l'arche se reposa sur les montagnes de l'Arménie, le 267ᵉ jour de l'année, le 27ᵉ jour du 7ᵉ mois à partir du di- manche de l'*Oculi*, ou du 9ᵉ mois de l'année.

5. *At vero aquæ ibant et decrescebant usque ad decimum mensem; decimo enim mense, prima die mensis, apparuerunt cacumina montium.*

Cependant les eaux allèrent toujours en diminuant jusqu'au 10ᵉ mois, car le sommet des montagnes commença à paraître le 1ᵉʳ du 10ᵉ mois du déluge, du 11ᵉ mois de l'année, le 301ᵉ jour.

6. *Cumque transissent quadraginta dies, aperiens Noe fenestram arcæ, quam fecerat, dimisit corvum. — 8. Emisit quoque columbam post eum.*

Quarante jours après le 10ᵉ mois, le 340ᵉ jour de l'année, Noé ouvrit la fenêtre qu'il avait pratiquée dans l'arche, et laissa aller le corbeau, puis la colombe.

10. *Expectatis autem ultra septem diebus aliis, rursum dimisit colum- bam ex arca.*

Il attendit encore sept jours, et il envoya la colombe hors de l'arche pour la seconde fois, le 347ᵉ jour de l'année.

12. *Expectavitque nihilominus septem alios dies : et emisit columbam, quæ non est reversa ultra ad eum.*

Il attendit encore sept autres jours, et il envoya la colombe hors de l'arche pour la troisième fois, le 354ᵉ jour de l'année, et elle ne revint plus.

13. *Igitur sexcentesimo primo anno, primo mense, prima die mensis, imminutæ sunt aquæ super terram : et aperiens Noe tectum arcæ, aspexit, viditque quod exsiccata esset superfacies terræ.*

2

Ainsi l'an 601 de Noé, au premier jour du premier mois, les eaux qui étaient sur la terre se retirèrent complétement, et Noé ouvrant le toit de l'arche pour regarder au dehors, vit que la terre était sèche.

14. *Mense secundo, septimo et vigesimo die mensis, arefacta est terra.*

Et le 27e jour du second mois, le 57e jour de l'année, la terre fut toute dégelée et ameublie.

15. *Locutus est autem Deus ad Noe, dicens:*

Alors Dieu parla à Noé, et lui dit :

16. *Egredere de arca, tu et uxor tua, filii tui et uxores filiorum tuorum tecum.*

Sortez de l'arche, vous et votre femme, vos fils, et les femmes de vos fils.

21. *Nequaquam ultra maledicam terræ propter homines ; sensus enim et cogitatio humani cordis in malum prona sunt ab adolescentia sua : non igitur ultra percutiam omnem animam viventem sicut feci.*

Je ne répandrai plus ma malédiction sur la terre à cause des hommes, parce que l'esprit de l'homme et toutes les pensées de son cœur sont portés au mal dès sa jeunesse, je ne frapperai plus comme je l'ai fait tout ce qui est vivant et animé.

22. *Cunctis diebus terræ, sementis et messis, frigus et æstus, æstas et hiems, nox et dies, non requiescent.*

Tant que la terre durera, les semailles et la moisson, le chaud et le froid, l'été et l'hiver, le jour et la nuit ne cesseront de trouver leurs temps et leurs lieux.

Nota bene. Les versets 12 et 13 du chapitre VIII fixent la longueur de l'année du temps de Noé à 354 jours, par conséquent à 354 jours 242 264 millionièmes, si on fait remonter les années bissextiles à la création.

Les versets 21 et 22 font allusion aux perturbations du déluge, aux solstices et aux équinoxes, provenant de l'inclinaison de l'écliptique et de son excentricité.

Au chapitre X de *Josué,* au sujet du miracle arrivé de son temps :

V. 12. *Tunc locutus est Josue Domino, in die qua tradidit Amorrhæum in conspectu filiorum Israel, dixitque coram eis : Sol, contra Gabaon ne movearis, et luna contra vallem Ajalon.*

Alors Josué parla au Seigneur, en ce jour auquel il avait livré les Amorrhéens entre les mains des enfants d'Israël, et il dit en leur présence: Soleil, arrête-toi sur Gabaon; Lune, n'avance pas sur la vallée d'Ajalon.

13. *Steteruntque sol et luna, donec ulcisceretur se gens de inimicis suis. Nonne scriptum est hoc in libro justorum ? Stetit itaque sol in medio cœli, et non festinavit occumbere spatio unius diei.*

Et le soleil et la lune s'arrêtèrent jusqu'à ce que la nation se fût vengée de ses ennemis. N'est-ce pas ce qui est écrit dans le livre des justes ? Le soleil s'arrêta donc au milieu du ciel, et il ne se hâta pas de se coucher dans l'espace d'un jour.

14. *Non fuit antea nec postea tam longa dies, obediente Domino voci hominis, et pugnante pro Israel.*

Jamais jour ni devant ni après ne fut si long que celui-là, le Seigneur obéissant alors à la voix d'un homme et combattant pour Israël.

Au chapitre III d'*Habacuc*,

V. 11. *Sol et luna steterunt in habitaculo suo, in luce sagittarum tuarum ibunt in splendore fulgurantis hastæ tuæ.*

Le soleil et la lune se sont arrêtés où ils étaient; à la lueur de vos flèches, ils marcheront à l'éclat de votre arme foudroyante.

Au chapitre XLVI de l'*Ecclésiastique*,

V. 5. *An non in iracundia ejus impeditus est sol, et una dies facta est quasi duo?*

Josué n'a-t-il pas arrêté le soleil dans le transport de sa colère, et un jour ne dura-t-il pas comme deux ?

Nota bene. Le verset 12 de Josué doit impliquer l'ordre d'arrêt pour la terre, comme pour la lune et le soleil, et le verset 5 de l'Ecclésiastique laisse supposer une augmentation dans l'excentricité de l'écliptique avec une déviation et un allongement de son grand axe.

Au livre IV des *Rois*, chapitre xx,

Au sujet du miracle arrivé sous le règne d'Ézéchias :

V. 11. Invocavit itaque Isaias propheta Dominum, et reduxit umbram per lineas, quibus jam descenderat in horologio Achaz, retrorsum decem gradibus.

Le prophète Isaïe invoqua le Seigneur, et il fit que l'ombre du soleil retourna en arrière dans l'horloge d'Achaz, par les dix degrés par lesquels elle était déjà descendue.

Au chapitre xxxviii d'*Isaïe* :

V. 8. Ecce ego reverti faciam umbram linearum per quas descenderat in horologio Achaz in sole, retrorsum decem lineis. Et reversus est sol decem lineis per gradus quos descenderat.

Je ferai, dit le Seigneur, que l'ombre du soleil, qui est descendue de dix degrés sur le cadran d'Achaz, retourne en arrière de dix degrés, et le soleil remonta les dix degrés par lesquels il était descendu.

Au chapitre xlviii de l'*Ecclésiastique* :

V. 26. In diebus ipsius retro rediit sol, et addidit regi vitam.

Le soleil, pendant ses jours, retourna en arrière, et il prolongea la vie du roi.

Nota bene. A la demande d'Ézéchias, à la prière d'Isaïe, l'ombre du soleil a rétrogradé de dix degrés sur le cadran d'Achaz, le soleil retournant sur ses pas, et on est de nouveau porté à supposer une augmentation dans l'excentricité de l'écliptique, avec une déviation et un allongement de son grand axe proportionnels aux faits signalés.

Ces modifications, conformes à la loi des aires, semblent être également indiquées au chapitre xliii, v. 5, de l'Ecclésiastique, cité un peu plus loin.

Au chapitre 1er de l'*Ecclésiaste* :

V. 5. Oritur sol et occidit, et ad locum suum revertitur, ibique renascens,

6. Gyrat per meridiem, et flectitur ad aquilonem.

Le soleil se lève et se couche, il retourne à l'endroit d'où il est parti, et reparaissant le matin à l'horizon, il gravit le méridien et les régions australes en roulant sur son orbite, pour descendre vers l'aquilon.

Et c'est bien là son mouvement réel et apparent.

Au chapitre xxxIII de l'*Ecclésiastique:*

V. 7. Quare dies diem superat, et iterum lux lucem; et annus annum a sole?

Pourquoi un jour dépasse-t-il un autre jour, (un astre un autre astre), une lumière une autre lumière, une année une autre année, sous l'influence du soleil?

8. A Domini scientia separati sunt, facto sole, et præceptum custodiente.

C'est qu'ils ont été séparés par la sagesse du Seigneur, après que le soleil a été créé et assujetti à ses lois.

9. Et immutavit tempora, et dies festos ipsorum, et in illis dies festos celebraverunt ad horam.

C'est le Seigneur qui a changé les temps, et les jours de fête de ces temps, et ils ont continué à être célébrés à l'heure qui leur était marquée.

10. Et ex ipsis exaltavit et magnificavit Deus, et ex ipsis posuit in numerum dierum.

Parmi ces jours Dieu en a choisi et sanctifié plusieurs, et il en a mis d'autres au nombre des jours ordinaires.

Nota bene. Les Septante disent, verset 7, que tous les astres surpassent les jours de l'année de toute la course du soleil : Πὰν φῶς ὑπερέχει ἡμέρας ἐνιαντοῦ ἀφ' ἡλίου. Et c'est effectivement ce qui a lieu pour les étoiles, puisqu'il faut 366 jours sidéraux pour 365 jours solaires; pour la terre, pour la lune et pour les planètes, puisqu'elles ont toutes à compenser la révolution solaire.

Au chapitre xLIII de l'*Ecclésiastique:*

V. 1. Altitudinis firmamentum pulchritudo ejus est, species cœli in visione gloriæ.

Le zodiaque, ou le grand cercle du firmament, en est aussi le principal ornement, et ce qui sert de repère pour en étudier les merveilles.

2. *Sol in aspectu annuntians in exitu, vas admirabile opus Excelsi.*

Le soleil, le plus brillant des astres, le symbole des œuvres du Très-Haut, le signale à son lever et à son coucher.

3. *In meridiano exurit terram, et in conspectu ardoris ejus quis poterit sustinere? fornacem custodiens in operibus ardoris.*

Il brûle la terre sous la ligne de l'équateur, et personne n'y peut affronter ses ardeurs; il conserve sa chaleur sans cesser de la répandre.

4. *Tripliciter sol exurens montes, radios igneos exsufflans, et refulgens radiis suis obcæcat oculos.*

Il dénude les montagnes lorsqu'il les embrase de ses feux, et il éblouit les yeux par la vivacité de ses rayons.

5. *Magnus Dominus qui fecit illum, et in sermonibus ejus festinavit iter.*

C'est le Dieu tout-puissant qui l'a créé, qui lui a fait par ses paroles accélérer sa marche. (Les Septante disent arrêter ou retarder sa course.)

6. *Et luna in omnibus in tempore suo, ostensio temporis, et signum ævi.*

La lune sert à indiquer les changements qu'il a subis dans son parcours, à marquer les temps, à fixer les époques.

7. *A luna signum diei festi, luminare quod minuitur in consummatione.*

Elle sert encore à déterminer les jours de fête, c'est une lumière qui diminue quand elle a atteint toute sa splendeur.

8. *Mensis secundum nomen ejus est, crescens mirabiliter in consummatione.*

Les mois prennent son nom; son disque croît d'une manière très-sensible jusqu'à ce qu'il arrive en son plein.

9. *Vas castrorum in excelsis, in firmamento cœli resplendens gloriose.*

C'est un astre qui éclaire les espaces dans lesquels les constellations sont groupées, et qui resplendit avec éclat dans le ciel.

10. *Species cœli gloria stellarum, mundum illuminans in excelsis Dominus.*

C'est l'ornement qui rehausse la beauté des étoiles du firmament, le Seigneur illuminant le monde des régions les plus élevées.

11. *In verbis Sancti stabunt ad judicium, et non deficient in vigiliis suis.*

Sur l'ordre du Saint des saints elles s'arrêteront au jour du jugement, et elles ne seront jamais trouvées en défaut dans leurs veilles.

12. *Vide arcum et benedic eum qui fecit illum, valde speciosus est in splendore suo.*

Considérez l'arc-en-ciel, et bénissez le Seigneur qui l'a fait, il est d'une beauté ravissante dans son éclat.

13. *Gyravit cœlum in circuitu gloriæ suæ, manus Excelsi aperuerunt illum.*

Il a formé et arrondi le ciel tout autour de sa gloire, le Très-Haut l'a ouvert de ses mains.

Nota bene. Ce chapitre fait mention du mouvement de translation du soleil, des changement qu'il a subis dans son parcours sous Josué et Ézéchias, des phases de la lune, du mouvement circulaire des étoiles, et donne en outre une ébauche de l'empirée.

Au Psaume CXIII :

V. 7. *A facie Domini mota est terra, a facie Dei Jacob.*

La terre s'est mise en mouvement à la vue du Seigneur, à la vue du Dieu de Jacob.

Galilée a eu la chance de l'entrevoir et Foucault l'honneur de le démontrer.

Au premier livre des *Paralipomènes :*

Ch. XVI, v. 30. *Commoveatur a facie ejus omnis terra, ipse enim fundavit orbem immobilem.*

Que toutes les contrées de la terre tournoient devant la face du Seigneur, car il a établi lui-même la stabilité du globe terrestre et sa fixité au centre du monde.

Au premier livre des *Rois :*

Ch. II, v. 8. *Domini enim sunt cardines terræ, et posuit super eos orbem.*

Car c'est le Seigneur qui a tracé les pôles de la terre, et qui a fait reposer sur eux la sphère céleste.

Au chapitre XXVI de *Job* :

V. 7. Qui extendit aquilonem super vacuum, et appendit terram super nihilum.

Qui a étendu l'hémisphère boréal sur le vide, et suspendu la terre sur le néant.

Au Psaume CIII :

V. 5. Qui fundasti terram super stabilitatem suam, non inclinabitur in sœculum sœculi.

Qui a donné à la terre sa stabilité, et elle ne s'inclinera jamais.

Au Psaume XCII :

V. 1. Etenim firmavit orbem terræ, qui non commovebitur.

Car il a fixé le globe terrestre de manière qu'il ne soit pas sujet aux nutations.

Au livre de la *Sagesse* :

Ch. XI, v. 21. *Omnia in mensura, et numero, et pondere disposuisti.*

Vous avez tout fait, ô mon Dieu, avec nombre, poids et mesure, — comme l'ont enseigné après vous, Képler, Bode et Newton.

Ecclésiastique, ch. XXIV.

La Sagesse dit en parlant d'elle-même :

V. 7. Ego in altissimis habitavi, et thronus meus in columna nubis.

J'ai habité dans les régions les plus élevées, et placé mon trône dans la colonne de nuées.

8. *Gyrum cœli circuivi sola, et profundum abyssi penetravi, et fluctibus maris ambulavi.*

J'ai tracé seul le cercle de l'empyrée, j'ai pénétré jusqu'au fond des abîmes, et j'ai marché sur les flots de la mer.

PSAUME CXIII :

V. 16. Cœlum cœli Domino ; terram autem dedit filiis hominum.

L'empyrée ou le ciel des cieux est au Seigneur, et il a donné la terre aux enfants des hommes.

Isaïe, Ch. LXVI :

V. 1. Cœlum mihi sedes est; terra autem scabellum pedum meorum.
Le ciel est mon trône, et la terre est l'escabeau de mes pieds.

Proverbes, Ch. XXV :

V. 3. Cœlum sursum, et terra diorsum.
Le ciel est au-dessus du firmament et la terre beaucoup au-dessous.

Deutéronome, Ch. IV :

V. 39. Scito ergo quod Dominus ipse sit Deus in cœlo sursum, et in terra deorsum, et non sit alius.

Sachez donc que le Seigneur est Dieu dans le ciel qui est au-dessus du firmament, et sur la terre qui est beaucoup au-dessous, et qu'il n'y en a pas d'autre que lui.

S. Jean, Ch. VIII :

Paroles de Notre-Seigneur Jésus-Christ :

V. 23. Vos de deorsum estis, ego de supernis sum.
Vous êtes issus de ce bas monde, et je viens moi des habitacles les plus élevés.

Isaïe, Ch. XLV :

V. 8. Rorate cœli desuper, et nubes pluant Justum.
Esprits bienheureux qui êtes aux cieux, priez pour nous, et que les nuées mystiques fassent pleuvoir le juste.

PSAUME LXXVII :

V. 23. Mandavit nubibus desuper, et januas cœli aperuit.
Il a commandé aux nuées, ou aux eaux du firmament, et il a ouvert les portes du ciel.

La Genèse, Ch. XLIX :

V. 25. Omnipotens benedicet tibi benedictionibus cœli desuper, benedictionibus abyssi jacentis deorsum.

Que le Dieu tout-puissant vous gratifie des bénédictions de la cour céleste, qu'il vous gratifie aussi des bénédictions de ce bas monde.

Nota bene. C'en est assez pour compléter l'ébauche de l'empirée, et du système du monde.

Ces citations sont traduites fort librement, et avec des idées systématiques ; craignant donc de me tromper, je déclare condamner et désavouer par avance tout ce que notre Saint-Père le Pape, les évêques, ou mes supérieurs ecclésiastiques pourraient condamner ou désapprouver.

Résumé théorique des principes et des lois qui pourraient se combiner avec la gravitation pour maintenir l'harmonie et le mouvement des corps célestes.

Pierre Lachèze, dans son système du monde de Moïse, explique la stabilité de la terre au centre du monde par l'affinité et la cohésion de ses molécules et l'attraction des eaux du firmament.

Je signalerai, pour expliquer la stabilité et la fixité de leurs pôles, leur influence magnétique ;

Pour expliquer le mouvement de translation de la sphère, la force d'impulsion qui lui a été communiquée et qui se trouve entretenue par d'autres forces agissant en sens divers ;

Pour expliquer le mouvement de rotation de la terre, le mouvement gyratoire partant de son centre et produisant sur tous les corps célestes l'effet d'un tourbillon ;

Et pour expliquer le mouvement elliptique et continu du soleil, de la lune et des planètes et l'inclinaison de leur orbite, les causes diverses qui augmentent ou diminuent sans cesse la vitesse de leurs mouvements, la force centripète qui les sollicite vers le centre de la terre, la force centrifuge qui tend à les en éloigner, la force gyratoire qui les entraîne comme un tourbillon, et enfin l'attraction générale qui pourrait bien se combiner aussi avec la force magnétique résidant aux pôles arctique et antarctique.

Ces principes élémentaires pourraient peut-être aider encore à rendre compte de la différence qui existe entre le
mouvement du soleil de la lune et des planètes et celui des
étoiles, les astres soumis à la loi des aires conservant un cer-
tain rapport entre la durée de leurs révolutions et la circonférence qu'ils décrivent, tandis que les étoiles qui sont af-
franchies des variations que cette loi pourrait apporter dans
leur marche, n'en accusent aucun, étant censées accomplir
leurs révolutions en un même laps de temps, quelle que soit
la circonférence de leur orbite.

Toutefois je dois me reconnaître tout à fait incompétent
pour discuter ou continuer cette étude sommaire, et je la
termine en formulant le désir de la voir servir au progrès
des sciences, si elle en est susceptible.

TABLE DES FIGURES

Figure 1.

Système du monde représenté par ses orbites. On y voit que les eaux du firmament forment l'enveloppe de la sphère ; la terre en occupe le centre ; le soleil, la lune et les planètes s'y trouvent échelonnés dans l'ordre qu'on leur suppose, et suivant le temps de leurs révolutions, mais à des distances tout à fait arbitraires, ne croyant pas possible de les déterminer autrement que par l'étendue de leur horizon et l'inclinaison du rayon visuel ; à observer comme je l'indique, et avec égard au diamètre de la terre et à la distance des étoiles, qui nous permettent d'en embrasser tout un hémisphère.

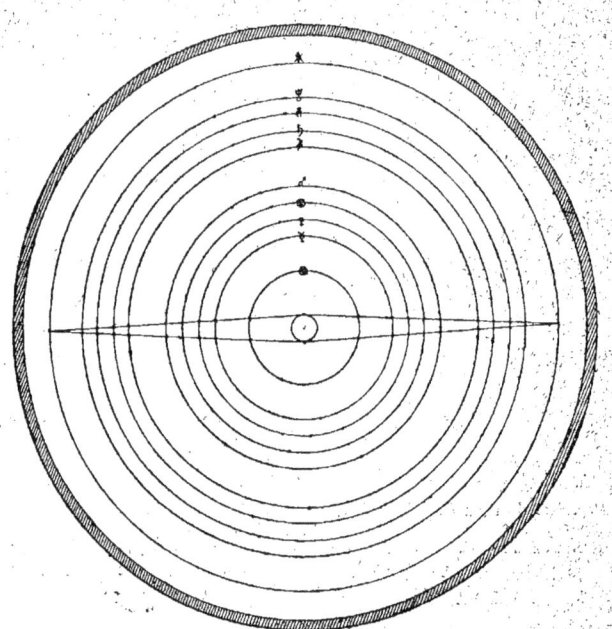

Figure 2.

Orbite de la sphère dans l'immensité de l'espace, représentant les assises de l'empyrée et du trône de Dieu; comme l'inclinaison et le mouvement circulaire de son axe en en décrivant le pourtour, sous la forme d'un cône tronqué, qu'on peut supposer orné de toutes les figures de la Bible et de l'Apocalypse, et surmonté d'un triangle en mouvement, portant à son centre le Soleil de justice, et à son sommet l'étoile du matin ou l'emblème de l'Incarnation.

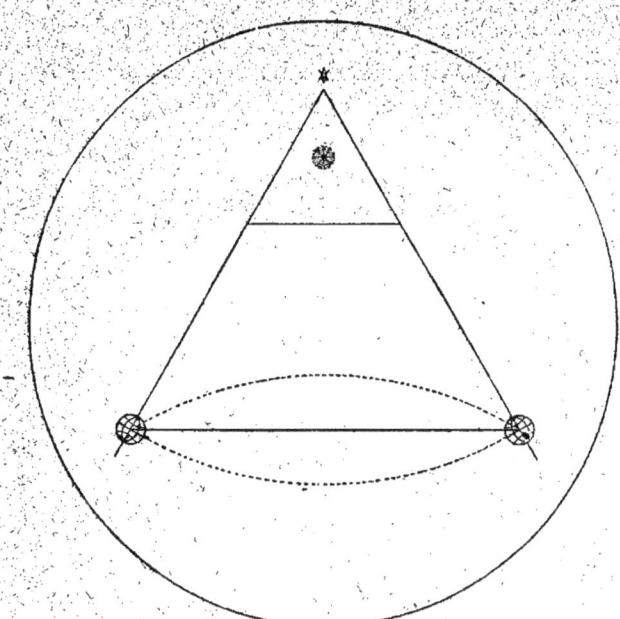

Le trône de Dieu dans le ciel, ou le siége de la sagesse, est symbolisé dans la forme conique que je lui attribue dans les idoles du paganisme.

Tacite dans le 3ᵉ paragraphe du 2ᵉ livre de ses Annales, décrivant la Vénus de Paphos dans l'île de Chypre, dit que cette déesse n'y est pas représentée sous la figure humaine, qu'elle y est personnifiée sous la forme d'un bloc circulaire, qui, s'élevant en cône, diminue graduellement de la base au sommet, et que la raison de cette forme y est ignorée.

Le triangle qui surmonte le cône dans la figure d'autre part, a aussi son analogue dans la pierre triangulaire qu'Héliogabale, prêtre du Soleil en Syrie, a apportée à Rome aussitôt qu'il fut élevé à l'empire. L'abbé Courval dit, dans son Abrége de l'histoire romaine, p. 283, qu'il la fit placer sur le mont Palatin, dans un temple magnifique, et qu'il la maria avec le plus grand faste à la Vénus céleste.

Les pyramides d'Egypte qui ont servi à l'apothéose des Pharaons, le temple de Bel et la tour de Babel elle-même, en sont peut-être encore d'autres emblèmes.

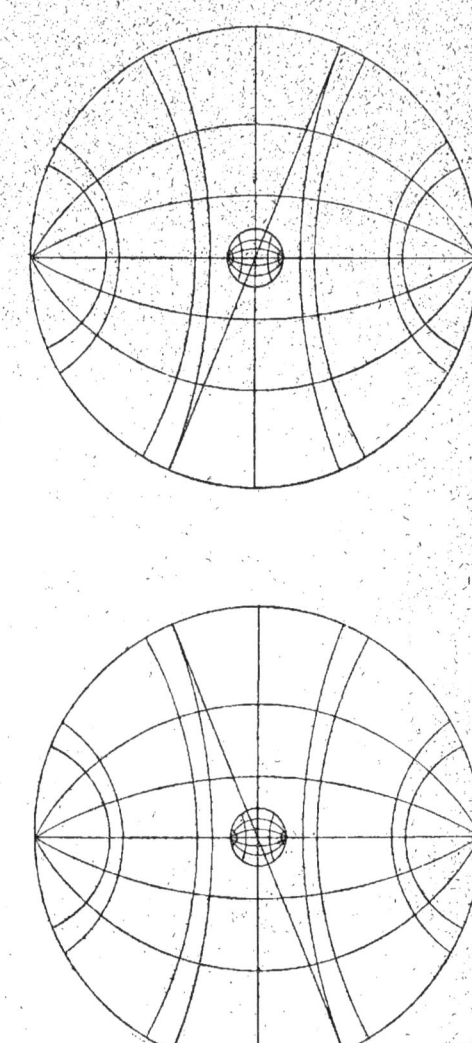

Figure 3.

La mappemonde représentant, par le cercle d'illumination, les climats cosmographiques et le rapport des jours les plus longs de l'année avec la latitude.

Figure 4.

Le planisphère céleste en deux hémisphères, avec les signes du zodiaque, l'écliptique, les tropiques, les cercles polaires, les pôles arctique et antarctique, les degrés de latitude et de longitude, les colures des solstices et des équinoxes, les pôles de l'écliptique et la mutation de l'axe de l'orbite lunaire.

Signes ascendants : le Cancer, le Lion, la Vierge, la Balance, le Scorpion et le Sagittaire.

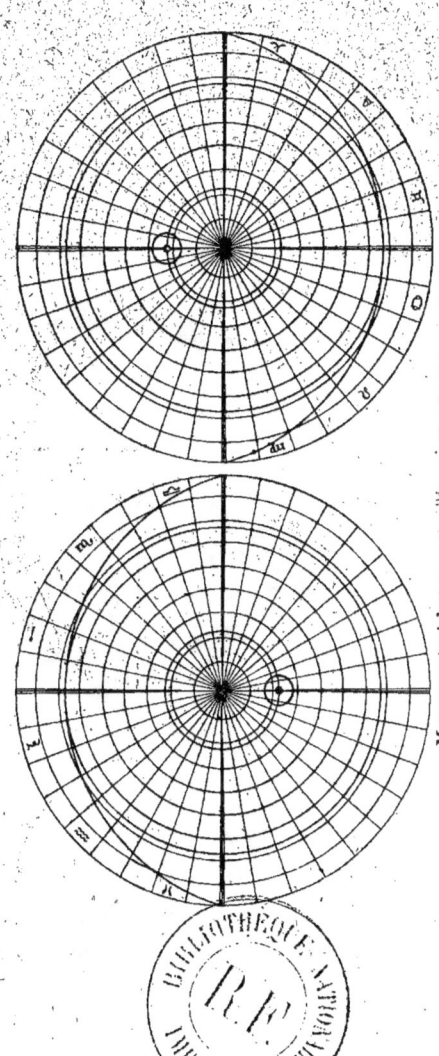

Mouvement réel et apparent du soleil. (*Ecclésiaste*, ch. 1, ♈. 5.)

Oritur sol et occidit et ad locum suum revertitur, ibique renascens gyrat per meridiem et flectitur ad aquilonem.

Le soleil se lève et se couche, il retourne à l'endroit d'où il est parti, et, reparaissant le matin à l'horizon, il gravit le méridien en roulant sur son orbite, pour descendre vers l'aquilon.

La sphère armillaire, la sphère droite et la sphère parallèle, en complet désaccord avec le système du monde de Copernic.

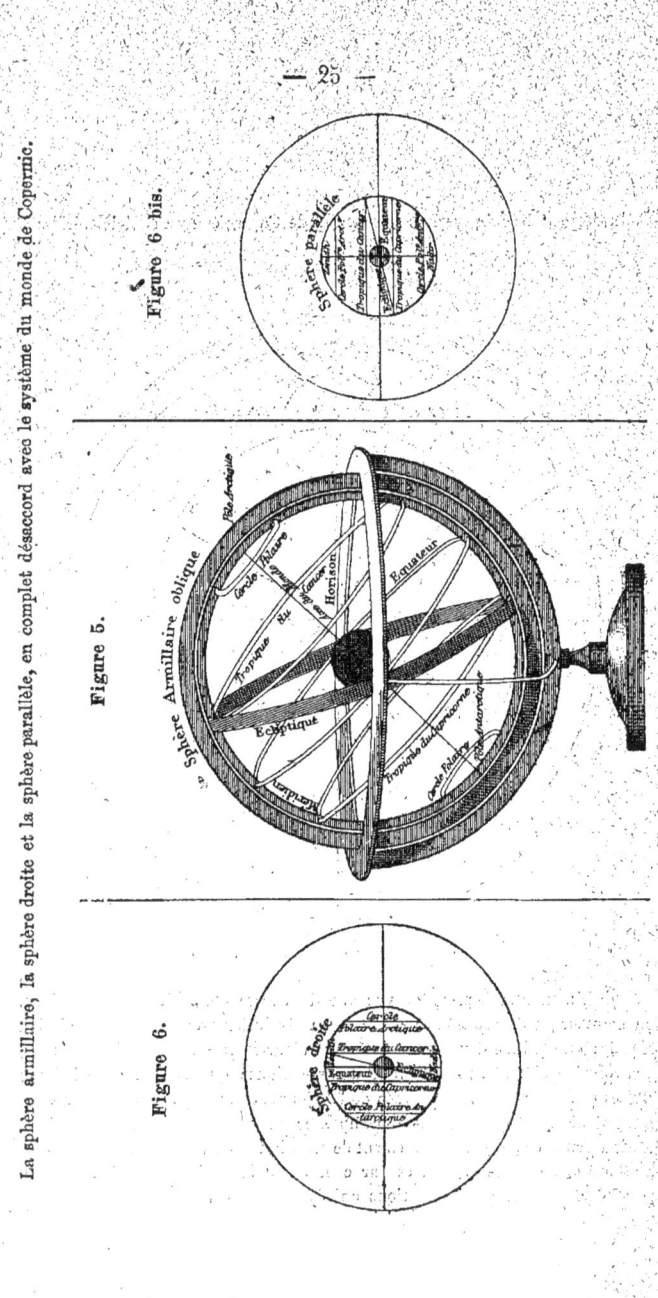

Figure 6 bis.

Sphère parallèle

Figure 5.

Sphère Armillaire oblique

Pôle Arctique
Cercle Polaire
Horizon
Tropique du Cancer
Équateur
Écliptique
Méridien
Tropique du Capricorne
Cercle Polaire

Figure 6.

Sphère droite

Cercle Polaire Arctique
Tropique du Cancer
Équateur
Tropique du Capricorne
Cercle Polaire du Capricorne

Figure 7.

Incompatibilité du système du monde de Copernic avec les éphémérides.

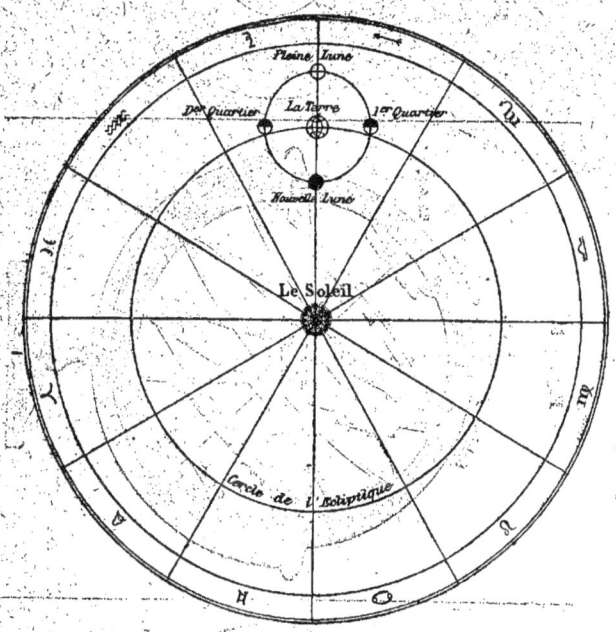

Ce dessin montre à première vue que si la terre marchait sur l'écliptique, son mouvement de rotation n'aurait plus sa révolution tropique ni sa révolution sidérale; que la lune devenant son satellite n'aurait plus sa révolution tropique, sa révolution sidérale, ni sa révolution draconique; que l'année de 365 jours solaires serait également une année de 365 jours sidéraux; que la terre, la lune et les planètes n'auraient plus à compenser la révolution solaire; et qu'on aurait à constater, avec le mouvement de translation de la terre, le mouvement circulaire et fictif des étoiles, et par conséquent le bouleverversement complet des éphémérides, et des observations qui s'y rattachent.

Figure 8.

Inclinaison du zodiaque sur l'équateur, et de l'axe de l'écliptique sur l'axe
du monde.

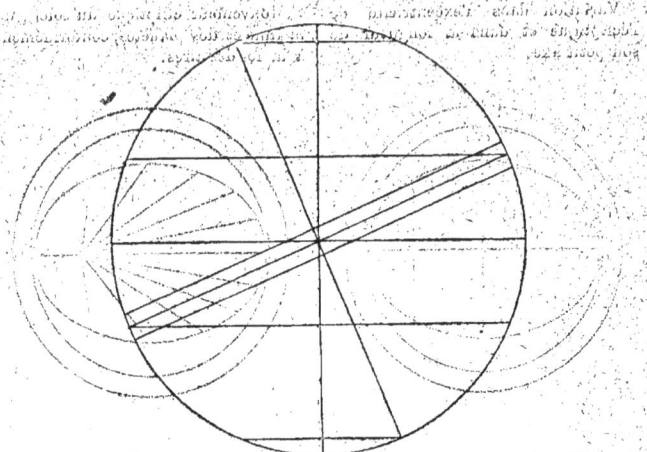

Figure 9.

Nutation de l'axe de l'orbite lunaire conservant son inclinaison sur l'écliptique
et modifiant son inclinaison sur l'équateur.

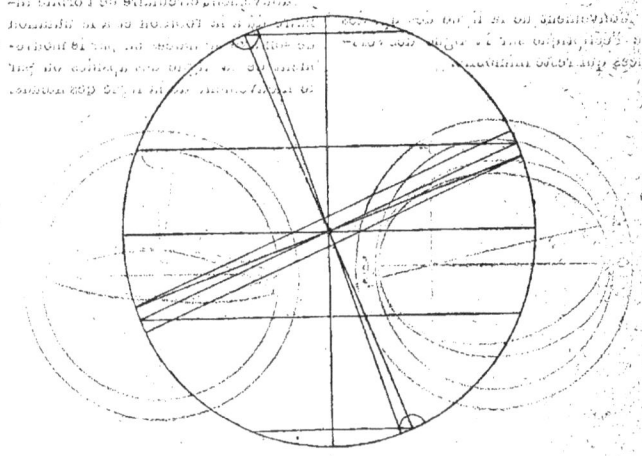

Figure 10.

Variation dans l'excentricité de l'écliptique et dans la longueur de son petit axe.

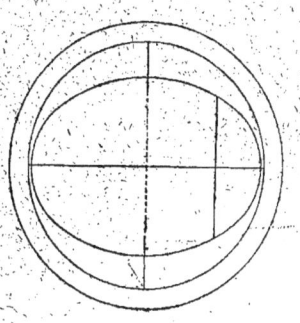

Figure 11.

Mouvement elliptique du soleil, de la lune et des planètes, conformément à la loi des aires.

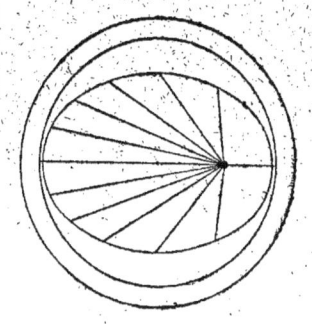

Figure 12.

Mouvement de la ligne des apsides de l'écliptique sur la ligne des solstices qui reste immobile.

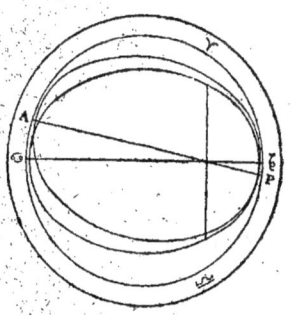

Figure 13.

Mouvement circulaire de l'orbite lunaire dû à la rotation et à la nutation de son axe signalées ou par le mouvement de la ligne des apsides ou par le mouvement de la ligne des nœuds.

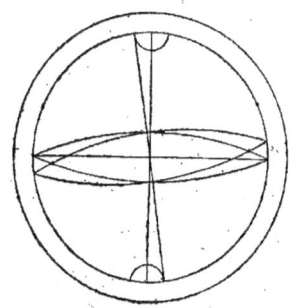

Figure 14.

Excentricité de l'écliptique, de son maximum sur la ligne des solstices à son extinction et à sa transformation en un cercle sur la ligne des équinoxes ; et mouvement circulaire qui lui fait engendrer une nouvelle ellipse.

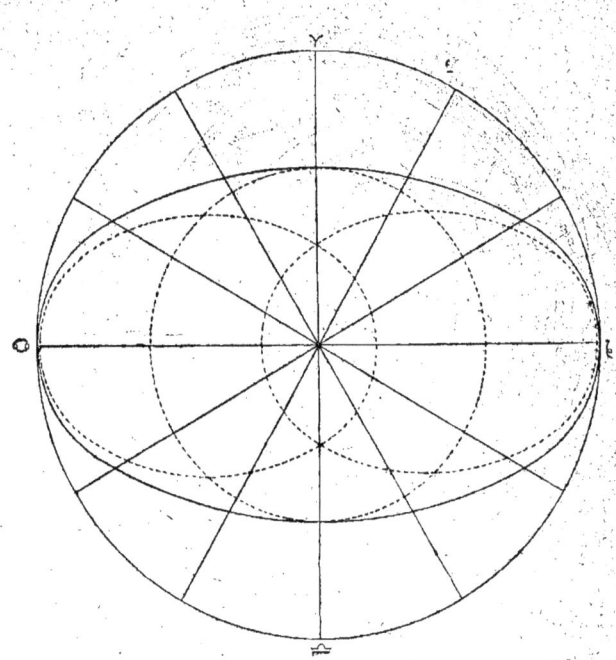

Même genre de déformation pour l'orbite lunaire et les orbites de toutes les planètes ; leur maximum d'excentricité s'effectuant lorsque la ligne des apsides rencontre la ligne des solstices, et leur minimum lorsqu'elle passe sur la ligne des équinoxes ; et la raison en peut être attribuée à l'effet que produirait dans un tourbillon l'attraction de ses pôles.

Figure 15.

Confusion des signes et des constellations du zodiaque depuis l'époque de la
dénomination des tropiques.

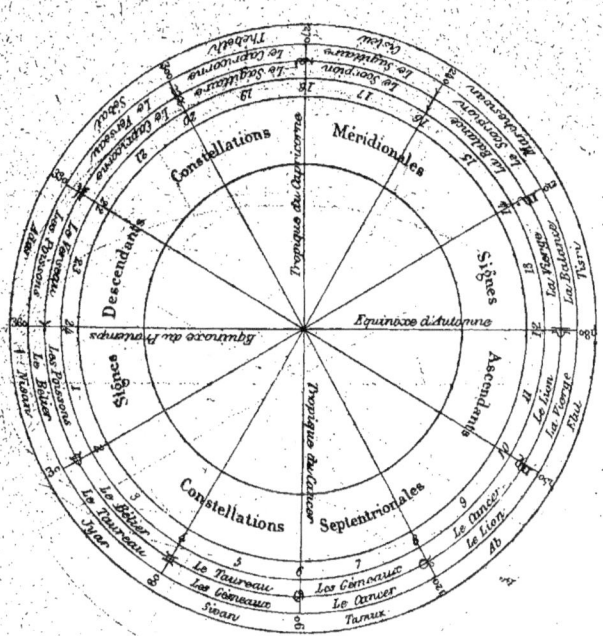

La grande année sidérale étant de 25,920 ans, chaque signe du zodiaque représente un espace de 2160 ans; 4 signes représentent un espace de 6480 ans.
En supposant les gémeaux à l'équinoxe du printemps, à l'époque de la création
des astres, c'est-à-dire 600 ans avant la chute d'Adam, le taureau doit s'y
trouver en l'année 1560 vers la naissance de Sem, le bélier en 3720 vers le commencement du règne de Ptolémée Philadelphe, les poissons en 5880 ou en 1876
sous le règne du grand Pape et du grand Monarque, au moment de la pêche
miraculeuse.

Constellations du zodiaque correspondant aux quatre saisons de l'année tropique, à l'origine de chaque mois de la grande année sidérale de 25,920 ans.

	Au quatrième jour de la création.	En l'année 1560 du monde.	En l'année 3120 du monde.	En l'année 5880 du m. ou 1876 de l'ère v.
0 (ou 360) À l'équinoxe du printemps	Les gémeaux.	Le taureau.	Le bélier.	Les poissons.
30	Le cancer.	Les gémeaux.	Le taureau.	Le bélier.
60	Le lion.	Le cancer.	Les gémeaux.	Le taureau.
90 Au solstice d'été	La vierge.	Le lion.	Le cancer.	Les gémeaux.
120	La balance.	La vierge.	Le lion.	Le cancer.
150	Le scorpion.	La balance.	La vierge.	Le lion.?
180 À l'équinoxe d'automne	Le sagittaire.	Le scorpion.	La balance.	La vierge.
210	Le capricorne.	Le sagittaire.	Le scorpion.	La balance.
240	Le verseau.	Le capricorne.	Le sagittaire.	Le scorpion.
270 Au solstice d'hiver	Les poissons.	Le verseau.	Le capricorne.	Le sagittaire.
300	Le bélier.	Les poissons.	Le verseau.	Le capricorne.
330	Le taureau.	Le bélier.	Le poisson.	Le verseau.

297

www.ingramcontent.com/pod-product-compliance
Lightning Source LLC
Chambersburg PA
CBHW071256210626
46818CB00013B/1466